KB119401

장애의 경계를 허무는 찐모녀 블루스

은혜씨
덕분입니다

장애의 경계를 허무는 찐모녀 블루스

은혜씨 덕분입니다

글·그림 **장차현실**

한겨레출판

장차현실 씨
은혜작가님 그림

추천의 말

이 책은 제가 어렸을 때 이야기예요. 엄마는 힘든데도 불구하고 책도 쓰면서 저를 키우느라 애쓰고 고생했습니다. 그런 엄마가 대단했죠. 저한테 엄마는 좋은 엄마이면서 훌륭한 엄마입니다.

얼마나 긴 시간이 흘렀을까요? 제가 어렸을 때 엄마는 아주 어린 소녀 가장처럼 날씬하고 예쁘고, 하지만 말라깽이였어요. 지금도 참 예뻐요. 엄마는 옛날보다 지금 더 멋진 사람입니다. 재미있고 좋은 책입니다. 많이 보세요. 행복해집니다.

_정은혜, 작가·드라마〈우리들의 블루스〉영희 역 배우

이 책을 읽으며 존재의 반짝거림에도 가족력이 있다는 걸 새삼스레 깨달았다. 정은혜 작가의 빛나는 존재감의 기원을 장차현실이라는 이름으로 확인하며 '나도 그의 가족이었더라면 그의 깊고도 천진한 성정을 고스란히 닮은 사람이 될 수 있었을 텐데' 하는 요행을 바라는 마음마저 일었다. 부디 그가 이 책을 통해 꿈꾸는 모든 미래가 오늘로 수렴하기를, 그의 이름대로 장차, 현실이 되기를 나도 같은 마음으로 소망하겠다.

_요조, 뮤지션·작가

프롤로그

2023년 새해가 밝았다.

나는 사랑이 있어도 살고 사랑 없이도 사는 나이가 되어버렸고, 은혜는 이제 서른을 훌쩍 넘었다. "엄마, 외로운 거 그만하고 밥 먹자"라며 내 곁을 지켜주던 꼬마 은혜는 이제는 어른이 되어 내 곁에 있다.

지난해에는 예측할 수 없던 은혜의 삶이 펼쳐졌다. tvN 드라마〈우리들의 블루스〉의 배우로, 화가로 은혜는 많은 이들에게 사랑받는 희망의 아이콘이 되었고 30대 초반에 왕성하게 활동하는 장애인 작가가 되었다.

이 책에는 젊고 건강한 30대 엄마, 사랑스럽고 예쁜 어린 은혜가 있다. 아직 꿈 많고 젊은 엄마는 은혜의 장애를 어찌 받아들여야 할지 고민하고, 자신을 포기 못 해 헤매며 길을 찾는다. 이는 벼락치기 공부로 가능한 것이 아니었다. 아이가 커가며 세상과 부딪히는 과정 속에서 조금씩 나를 덜어내기도 하고 단단해지기도 했다. 그리고 세상과 풀지 못한 고통도 그만큼 자랐다.

점점 커 가는 여린 아기를 보며 마냥 슬퍼하고 있기에는 은혜에게 너무 미안했다. 그래서 세상이 우리를 어찌 보든 눈 감아버리고 은혜와 내가 세상의 중심이라 여기며 삶에 집중했다. 미래가 없는 사람 마냥 돈이 조금 생기면 우리가 즐거울 수 있는 일들을 위해 아낌없이 써버렸다. 남들이 갖는 행복을 우리가 가질 수 없다면 우리만이 가질 수 있는 행복을 매일매일 찾으며 행복하게 지내고 싶어 했다. 지금에 와서 한 꼭지 한 꼭지 과거를 회상하듯 만화를 들여다보면 그때도 여전히 힘들고 어려운 일 때문에 고민하기도 했겠지만 그림 속 젊은 내가 사랑스러워서 미소가 절로 나온다.

은혜와 둘이 사는 삶이었지만 우리 곁에는 늘 누군가가 있었다. 부부 싸움한 친구, 오갈 데 없는 후배들…. 얼핏 보면 내가 퍽이나 맘 좋은 주인 같지만 이들은 내가 오른쪽으로 쓰러지면 오른쪽으로, 왼쪽으로 쓰러지면 왼쪽으로 우리를 지탱해주던 친구들, 선후배들, 가족들이었다. 사람을 그리는 은혜에게 '사람'의 의미가 너무 각별하듯 나에게도 그러했다. "장차야 넌 정말 대단해!!!"라며 나를 곧추세워주던 김미경·김선주 선배, 은혜를 새로운 삶으로 과감히 이끌어준 노희경 작가님, 기꺼이 자매 동생이 되어준 대스타 한지민·김우빈 배우. 은혜를 사랑해주는 많은 선생님들, 친구들 팬들…. 때론 내가 너무 행복해 긴장이 풀릴 때 정신 차리게 고통을 주는 가족들조차 나는 고맙고 각별하다. 내가 세상에 존재함에 있어 함께했던 모든 이들에게… 사랑한다.

차례

1부　세상으로 나가자

2부　은혜와 현실의 찐모녀 블루스

3부 은혜씨의 사회생활

4부 이사 후 이야기

1부

세상으로 나가자

따뜻한 우리집

밖에는 차가운 바람이 분다.

강아지들도 개집 안에서 꼼짝 않고 있다.

강 가까운, 작고 조그만 이 집에…

초겨울 바람소리가 들리는 따뜻한 방 안에…

다운증후군 장애가 있는 은혜와,

씩씩한 은혜 엄마가 산다.

앞으로 이 두 모녀가
그리 좋아 살아가는 모습
한번 보실래요?

세상으로 나가자

아이와 함께하는 미래의 계획은
다시 짜여졌다.

그것은 나만의
이야기가 아니었다.

아이의 탄생은 새로운 세상의
경험을 주었다.

전투 자세를 갖추고, 난 딸과 함께
세상을 만난다.

모성이 자라다

3개월 된 아이는
여리고 여렸다.

장애가 있어 다른 아이들과
무척 다를 거라는 생각에…

나는 늘 긴장 상태였다.

매일매일 체크를 하고,
먹는 것과 위생을
신경 썼다.

그러자 묘하게 작은 것에
감동하기 시작했다.

정말 아이는 깨질 것만 같았다.

아이는 그렇게 커갔다.
나의 모성도….

위로

친구나 가족들에게 나의 딸 은혜의 장애는 충격이었다.

난 스스로 위축되고 슬퍼져서 사람들에게 연락을 안 한다.

그들도 안 한다. 조심스러워서….

뭐라고 말해야 할지 모르겠어.

아이와 함께 조용해지고 쓸쓸해져 갔다.

난 꼭꼭 묻어두는 나의 그늘이 싫었다.

아이를 데리고 외출한다.

일단 나가보자.

사람들에게 거리낌없이
다가가는 것…
좋은 방법이었다.

어린이집 가기

교회에서 운영하는
조그마한 어린이집을
찾았다.

그 말이 내 맘에 든다.

아이가 어릴 때는 요란한 프로그램보다
따뜻하게 보살펴주는 것이
더 중요한 것 같다.

생후 18개월이 된 아이는
어린이집에 다니게 되었다.
나도 조금은 불안한
자유를 얻었다.

걸음마

아이가 긴다. 다른 아이들은
18개월 정도 되면 뛰어다닌다.
은혜는 아직도 기어다닌다. 발육이 늦다.

그러니 내 팔이 고생이다.

어서
걸어라
아가야!

이런 상상을 한 적이 있다.
만약 전쟁이 나면
아이를 안고
피난 가야 하는데
난 끝까지
버틸 수 있을까?

그러던 어느 날… 아이가
침대 모서리를 잡고
일어서기를
반복하더니

끼!
끼!

걷기 시작했다.

와~ 걷는다.

아이의 다리 근육은
몸을 버텨내고

오른쪽, 왼쪽 다리를 번갈아 쓰는
운동성을 갖추게 되었다.

방향 감각과 평형 감각을 맞춰가며…

지구의 중력을
거부하지 않고.

우리는 늘 별 생각없이 걷지만
걷기 위해서는
많은 것이
갖춰져야 한다.

아이가 계속 기지 않고 걷는다는 것이
하나의 축복처럼 느껴졌다.

물론 기쁨 뒤엔 고통이 따르게 마련.
얼마 후….

또 다른 걱정

새해가 왔다. 아이는 부지런히 컸고. 난 그만큼 늙어갔다.

걷기 시작한 아이는…

엄마의 품이 지루하다.

활동 반경이 넓어지고,

선택의 자유의지를 실현한다.

위험을 모르는 아이에게 세상은 난관투성이다.

엄마는 이전에 없던 불안 속에
아이를 좇는다.

그리고 아이는 낯선
사람에게 관심을 보인다.

엄마는 또 다른 걱정이 생긴다.

장애를 가진 우리 딸이
저 엄청난 세상을 잘 견뎌낼는지….

장난감

흥미롭고 위생적인 장난감은
아이의 지능발달을 도와준다.

흠~
그렇군.

엄마는 말라비틀어진 자신의
마스카라 대신 딸의 장난감을 산다.

당장
사러
가자!

와~ 예쁜
장난감이 너무
많다.

색색이...

앗! 인형의 집.
어릴 때 이게 얼마나
갖고 싶었는지.

인형의
집

안돼!!
너무 비싸.

어려운
살림에 꿈도
못꾸던 거였어~

사줘
사줘

사야지!!
어~ 말하는 인형.
이것두.

색색이

엄마는 위생·안전에 상관없는
엄마의 어릴 적 소원을 가득 샀다.

그런데 아이는 장난감보다…

장난감을 포장한 바스락거리는
포장지에 관심이 많다.

그리고…
모녀는 각자 논다.

노할머니

설날이 되면
가족들이 모인다.

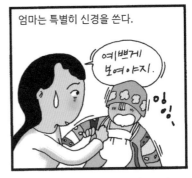

엄마는 특별히 신경을 쓴다.

예쁘게
보여야지.

그러다 보니 엄마
자신은 엉망이다.

공주모시는
시녀갈네…

장애가 있는 은혜가 다른 아이들보다
작아 보이거나 부족해 보일까 염려하는
엄마의 마음이다.

그런 은혜를
칭찬하기도 하지만…

예쁘게
컸네~

아이들이 모이니
비교되기도 하고,

이구~
쯧쯧!!

속상한 소리를
듣기도 한다.

노할머니는 그런 내 마음을 아시는지…
바글거리는 손주들 틈에서,

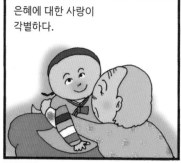

은혜에 대한 사랑이
각별하다.

손녀에게 보이는 할머니의

따뜻한 마음이 고맙다.

몇 해 전 할머니는 돌아가셨고,
할머니 말씀대로
은혜는 잘 크고 있다.

좌석버스

어느 해 여름… 마감 시간을 넘겨 일이 끝났다.

이구 늦었네!!

어린이집도 쉬는 날.

할 수 없다 같이 가자.

급하게 끝낸 작업…
별로 좋은 소리도 못 듣고.

다시 해보시는게… 나을 것 같네요.

급하게 나오느라 아침도 거르고, 날씨는 더웠다.

으— 더워.

금세라도 쓰러져버릴 것처럼 난 처절했다.

이 더위라도 피하면 살 것 같아.

그때….

160 시청 — 태릉
냉방차

아! 좌석버스 시원하겠다.

좌석버스를
무작정 타고.

난 하염없이 간다.

아~
너무 시원해.
살것같아.

버스가 어디로 가는지도
모르는 채….

어 추워~

그날 이후 난 운전을 배우고
허름한 차를 한 대 구했다.

그리고 나는 그런 고생 길에서
벗어날 수 있었다.

진작 운전을
배울걸…

난 추운 겨울이 오면 너무도 추웠던
그 좌석버스가 생각난다.

1991년 2월 26일(3개월 무렵)

은혜의 몸무게는 처음 3.0킬로그램에서 3개월 후인 지금 4.2킬로그램이다. 표준 몸무게에 비해 2킬로그램 정도 적은 편이다. 키는 제법 크다. 늘씬한 미녀가 되려나…. 요즘엔 고개를 들어올린다. 정확하진 않지만 애쓰는 모습이 안쓰럽기도 하고 귀엽기도 하다. 자주 웃기도 한다. 눈웃음치며 웃는 모습이 즐거움과 행복 그 자체다.

얼마 전까지 휩싸여 있던 절망과 슬픔의 정체는 무엇이었을까? 이 세상에 오직 나에게만 불행이 찾아온 듯한 절망…. 그러나 그 불행과 행복은 너무도 작은 차이가 아니었을까? 나의 이 여린 딸이 사랑스럽기만 하다.

분유를 바꾼 지 보름. 부쩍 몸무게가 늘고 많이 자란 것 같다. 값이 비싸 부담은 되지만 이 우유로 바꾸길 잘했다. 지속적으로 먹여야겠다!! 감기가 온 지 일주일 째, 목이 쉬고 가끔 기침을 한다. 세상 적응에 은혜도 애쓴다.

코가 막히면 내가 입으로 빨아서 빼준다. 이런 일을 내가 하리라고 상상이나 했을까… 별일이다.

그저께 관장을 처음으로 시켜보았다. 몸이 나아지려는지 잠을 많이 잔다. 아이가 자면 나도 잠이 온다. 은혜의 규칙적인 숨소리는 내겐 최대의 수면제. 발목을 잡아 거꾸로 들어올리는 운동을 한다. 뼈가 약해 걱정이었는데, 별 무리는 없는 듯하다. 이따금 아기 의자에 앉아 논다. 엄마를 알아볼까? 아직 엄마란 존재는 모르지만 자기에게 익숙한 얼굴이 있는가 보다. 간간히 반응을 보인다. 오늘은 고모네로 외출도 했다. 오늘 상태 80점.

쉬 가리기

두 돌이 다 되어가는데도 은혜는 쉬를 가리지 못한다.

그러다 보니 치울 것도 빨 것도 많다. 내 팔이 고생이다.

억압적인 방법은 금물, 영원한 싸개가 될 수도 있다. 사용하기 좋은 변기를 구하고

규칙적인 시간에 변기에 앉혀 용변 보기를 유도한다.

참는 데도 한계가 있다.

조급함은 실패의 원인이 될 수 있다.
기다려보기로 한다.

아이는 쉬 가리기보다
찰싹찰싹을 먼저 배웠다.
내 탓이다….

안 돼!

옆집에 놀러간다.

딩동-

어머 집이 너무 깨끗하고
예쁘네요. 세상에
예쁜장식품들 봐-

와~ 침대시트도
새하얗고 커튼도
너무 예쁘네요.

제가 직접
만든거예요.

그녀의 취미는 집을 깨끗이 하고 예쁘게
꾸미는 것인가 보다.

앉아 계세요.
차 내올께요.

네~

예쁜 찻잔에 맛있는
차가 나올거야.
흠~ 기대되는걸.

안돼!!
만지지마

가구와 장식품을 위한 집에서
우리는 도망치듯 돌아왔다.

여행? 고행!

작은 아가를 데리고 여행을 간다.
비혼의 친구와.

여기가자.
멀지도 않고.

기차도
타고,
달걀도 삶아서

차 없이 가야 하니 아이를 안고 업고
가야 한다.

너무 지칠 것 같아.

유모차를 쓸까?
그럼 계속 안고
다니지 않아도
되고.

아하! 그래~
우리는 문명의
혜택을 너무
외면하고 있어.

그러나 우리의 기대와 달리 그것은
고행의 시작이었다.

가 - 자 -

무수한 계단들…

기차를 타고 내릴 때의 번거로움.

경사로가 없는
계단은 우리에게
공포가 되었다.

아이를 데리고 다니는 어려움을
겪어보지 못한 친구는 잘 참아내고 있다.
미안하다….

힘들지?

아니

차 타는 번거로움이 귀찮아져서
행복한 길을 그냥 걷는다.

찬바람 맞으며 걷는 겨울길은 적당히
몸을 긴장시키며 데워준다.

그런데 유모차에 앉아 있던 아이는 별로
움직임이 없는 탓에 몸이 꽁꽁 얼어 있다.

여행!… 고행!….
우린 너무 지쳐 돌아왔다.

멀쩡한, 홀가분한 사람들만
다닐 수 있는 세상. 밉다 미워!

엄마되기

장애가 있는 자신의 아이를 돌보느라 늘 지쳐 있는 엄마들이지만…

각자 처한 상황이 다르다.

상황을 받아들이는 태도에 따라 그것은 치유가 되기도 하고, 아이와 자신을 더욱 힘들게도 한다.

자신에 대한 자포자기는

난… 너무 무능하고… 나약해…

아이를 더욱 힘들게 한다.

아이를 어딘가 보내야 해요.

어떤 이는 최고의 교육을 찾고자 혈안이 되어 있다. 끝이 없다.

뭐가 젤 좋을까?

아이의 흐름과 상관 없는 무차별한 교육 속엔

꼬~옥 좋아질거야.

기적을 갈구하는 마음이 있다.

키적—

어떤 이는…

난 부족한게 없는것 같아. 학벌, 돈, 좋은 남편…

아이의 장애를 환상으로 여긴다.

그런데 우리 애는…

장애를 인정할 수 없는 마음의 표현이다.
그것도 병이다.

우리…애는 너무도 특별해요. 천사라고 부르죠.

현실을 바로 보는 것은 괴로움이 아니라 치유의 시작이라구요.

장애를 안고 태어난 아이는
또 다른 기적일 수 있다.
엄마들은 좀 더 단단해져야 한다.

니가 나를 깨닫게 해주는구나. 고마워~

엄마 공부

아이를 교육한다.

장애아이의 경우 조기교육이 무척 중요하단다.

5세 이전에 갖추어진 품성으로 아이는 평생을 산다니… 흠!!

이런 교육을 다른사람에게 맡기기만 하고 엄마 자신이 모르는 것은 "문제"야!!

공부를 해서 지식을 얻자!!

???

자료를 모으고,

열심히 공부한다.

정신지체아의 발달과정이라…

교육도 받으러 다니고.

점점 재미가 난다.

아이가 엄마를 공부하게 한다.
그렇지만 이것도 문제다.

육아비

장애 아동은 조기교육이
특히 중요하단다.

난 가능한 것은 무엇이든 해본다.
운동, 인지교육, 통합…. 해야 할 것이
많으니 돈도 만만치 않게 들어간다.

돈이 적게 드는 복지관 시설은 순서를
기다리는 대기자가 너무 많아 2~3년
기다리다 보면

아이는 유아교육 때를 지나 아동교육을
받아야 할 때가 되어버릴 정도다.

교육 서비스를 받고자 하는 아이는 많은데
기관은 턱없이 부족한 탓이다.

결국 비싼 사립교육기관을
찾을 수밖에 없다.

내가 한 달에 버는 돈은 100만 원 남짓한데,

거의 은혜 교육비로 써버리고

나를 위해 돈을 쓰는 것은 불가능하다.

옷이 너무 낡았네…

복지

어째서 국가는 나의 짐을 덜어주지 않는 걸까?

나의 불행에 대해선 어찌 이리도 무심한지.

아~ 가난도 싫고 돈도 싫고 나라도 싫다! 모두 싫다!

자기결정권 1

아이가 말을 잘 듣는다.

아구~
우리 은혜
말 참 잘듣네.

앉자

먹어~

가만있어=

이거 갖고
놀아라~

그런데 갑자기
으스스하다.

이러다 나중엔 자질구레하고 세세한 것까지 지시해야 될 것만 같다.

머리에 꽂아ㅡ

위에서 아래로 내려!!

스스로 행동할 수 없는 욕구 없는 인간…

안돼!! 놀고 싶으면 놀고 말고 싶으면 말아!!

아이가 가져야 할 자기결정권의 훈련은 그렇게 시작되었다.

???

자기결정권 2

자기결정권의 훈련은
아주 사소한 것부터 시작된다.

자—니가
골라라—

시간이 지날수록 아이의 선택과

이거 줄까?
저거 줄까?

결정의 폭이 넓어진다.

이거 배울래?
저거 배울래?

스스로의 선택과 결정에 따라
고통과 기쁨을 경험하고

하지
말걸—

이후에는 중요한 것들을 결정하는
자기 능력을 갖게 되는 것이다.

저는
일을 하며
독립하고
싶어요—

저는
이 사람과
결혼할
거예요.

엄마인 나는 아이 옆에서 얄미운
방관자 노릇을 잘해야 한다.

결정에 대해 나쁜 결과를 얻게 되더라도
믿고 기다리는 느긋함도 필요하다.

오늘도 좋은 엄마는 은혜에게
삶을 주체적으로 이끌어가는
많은 기회를 주고 있다.

그냥!

엄마는 힘들다.

엄마는 그 힘듦을 남 탓으로
돌리기도 하고.

자신의 문제라 생각하기도 한다.

내
탓이야.

결혼하고 아이를 낳았다고 해서
다 큰 것은 아니었다.

이그- 언제 철나냐!!

지친 엄마에겐
여러 모습의
외로움과 슬픔이
생겨났다가

사라지곤 한다.

이
힘겨운
반복은
언제 쯤
끝날까?

아이가 엄마를 걱정한다.

이젠 아이가 엄마를 키운다.

봄바람

은혜가 5살쯤, 장애아동을 위한 조기특수교육실에 갔다.

장애를 가진 아이들이 많구나.

고만고만한 아이들….

그리고 비슷비슷한 우울함이 있는 엄마들….

새벽부터 일어나 가족들 식사 준비를 하고,

집안 정리를 하고….

애야. 큰애가 밑반찬이 떨어 졌단다.

집안일뿐 아니라 시누네 일까지… 그들의 몫이다.

큰애가 직장을 다니니 오죽 바쁘냐… 니가 이해해야지.

네~ 그렇죠.

선생님이 부탁한 간식을 준비해서
아이를 데리고 조기교육실에 간다.

저 엄만
맨날 바쁘네.

죽어져야
할텐데.

아이의 장애가 자신의 잘못인 양
가족들에게 죄스러워…

팔자득사납지
쯧-쯧--

숨가쁜 하루를 지내며
자신조차 돌볼 수 없는 엄마들.

어서가자!!

헝클어진 머리,
푸석푸석한 피부.
나이에 맞지 않게
늙어버린 얼굴.

배려는 아이뿐 아니라
엄마에게 더욱 필요하다.

엄마가
행복해야.
가정이
행복하다구요.

이 봄, 그녀들에게
봄바람이 신나게 불었으면 좋겠다.

1992년 2월 24일(두 돌 무렵)

은혜가 감기에 걸렸다. 콧물에 열도 나고 목이 부었다. 나흘째다. 몸무게는 10킬로그램. 2~3개월 전부터 몸무게가 별로 늘지 않아 걱정이다. 늘 나이별 표준 몸무게와 신장이란 것이 나의 신경을 예민하게 한다. 하는 짓이 많이 부산스러워졌다. 싫고 좋음의 표현을 정확히 하고 팔을 이용해 조금씩 기고, 손을 잡고 걸음마하기를 좋아한다. 물과 밥을 구별하고. 조금씩 천천히 기어서 목표물까지 가며, 이제 말썽도 자주 피운다. 기특하다. 별게 다 기특하다.

장난감 중에 이쁜이 인형과 노랑 곰돌이를 가장 좋아한다. 자신의 작은 품에 안고 자장자장 해주다가 귀찮으면 휙 던져버린다. 무책임한 모성이라니… 쩝!!

한 번 아프고 나더니 혼자 벽을 잡고 일어선다. 따뜻한 봄이 되면 엄마 손을 잡고 산책을 다닐 수도 있을 것 같다. 새하얀 이가 나오기 시작했다. 많이 예뻐졌다. 우리 딸. 내 삶의 대부분이 은혜에 대한 기쁨과 사랑으로 채워지는 것 같다. 그리고 다른 아이보다 늦고 힘들지만 은혜 자신의 방식대로 세상에 눈 뜨는 것이 감사하고 기쁘다.

우화집 일러스트 때문에 여러 날 자료 수집을 했다. 은혜를 낳고 엄마가 된 뒤에도 계속 일을 하고 있다. 아이 돌보고 여력이 남아서 소일 삼아 하는 게 아니다. 거의 필사적으로 일을 하고 있다.

처음 은혜의 장애를 알았을 때 어쩌면 은혜와 둘이 세상에 덩그러니 내쳐질 수도 있다고 생각했고, 그러자면 우리가 살아가야 할 생계비는 스스로 해결해야 할 것 같았다. 너무도 처절한 이유가 되겠지만. 어쨌든 그건 독립심을 지키기 위한 것이기도 하다.

그만 생각하자. 어쨌거나 일은 즐겁게 하자.

루루루… 라라라.

2부

은혜와 현실의
찐모녀 블루스

문제아

난 우리 애가 장애인인지, 비장애인인지, 도무지 경계를 못 정하겠다.

59

끝없는 구덩이 속으로 빨려 들어가는 느낌이었다.

왠지 사회 속에서 격리되어 있는 듯한 장애인들….

이들이 의미 있는 삶을 산다는 건 먼 이야기인 것처럼 생각했다.

그런데 그 '문제아'가 내 품에 왔다.

내 품에서 아이는 자꾸 자랐다.

이젠 그 '문제아' 없인 하루도 견딜 수 없게 되었다.

소중한 은혜야, 네가 있어 정말 고맙구나.

엄마의 불안

난 장애인인 나의 딸을
항상 불안해한다.

왜 자꾸
쫓아와!!

때때로 나의 딸을
믿지 못하는 내가 밉다.

북·북-

은혜가 싫은 좋든
난 아이의 옆에 있는 게 좋다.
한 걸음 떨어져 있는 나무 그늘
아래에서 난 늘 아이의
세계를 정한다.

꺄르르-

눈물이 날 정도로
눈부신 햇빛처럼
아이들의
웃음소리가
부서진다.

가끔은 항상 떠들썩하고
신나는 그 틈에
나도 끼고 싶다.

딸이 좋은 이유

은혜가 딸이라
좋은 이유는…

목욕탕에
같이 갈 수 있다.

취향이 비슷하다.

은혜 장난감을
내가 갖고
놀 수 있다.

은혜가 내 물건을
즐겁게
갖고 논다.

신체 구조가 비슷해서 이해하기 쉽다.

부엌일을 둘이
같이 해도
좋다.

뭐니 뭐니 해도
가장 좋은 건….

내가 상처 입고
힘들어할 때.

엄….마…

일하구…
빨리와서
나랑자자-

사랑해….

고슴도치 엄마….

귀신 열광자

엄마~
학교귀신
얘기해 줄까
되게 무서워~

은혜가 넘 좋아하는 귀신 이야기.

여자 귀신
얘기 해줄까~

그래~

아이들은 왜 그렇게 귀신 이야기를
좋아하는 걸까.

한 남자가
길을
가다가…

보이지 않는 존재의 신비로움과
두려움인 건가?

귀신이
목을……

샥—

은혜의 귀신들은

은혜 귀신이
학교에
있었어……
근데……

← 은혜

폭이 넓고, 다양하다. 누구나 귀신이 된다.
그게 더 무섭다.

엄마
귀신이
있었는데……

히히~ 사실 난
내가 젤 무서워!

맨날

즐겁게 노는 은혜가 부럽다.

난 갑자기 맨날 혼자 술 먹는 처절한 엄마가 되어버렸다.

좋은 아줌마 되기 포기해야겠당-
한 번쯤 날 위해….

엄마 배고파

늘 마감에 쫓겨
바쁘고…

돈 벌어야지

아이 챙기느라
바쁘고…

좋은 엄마
되어야지

아웅~

늘 무언가에 쫓기는 사람처럼
안달을 내며 산다.

그러다
한숨 돌릴라치면…

가을이네…
왜 이리
허하고
기운이
빠지냐~

스멀거리며
치미는
외로움….

헉! 구멍

내 인생이 슬프게 느껴진다.

흑‥‥흑 난 뭐야? 뭐냔 말이야 -

그런데‥‥.
이 모든 괴로움을 무너뜨리는 게 있다.

흑

엄마 배고파-

어떤 외로움도 이것을 이길 수가 없다.

헉 -

엄마 외로운거 그만하고 밥먹자 -

그래~

와구- 와구-

천고마비天高馬肥의 계절이당-

공연

이곳저곳에서 연말 기분을 내는
송년회가 있지만…

그런 곳에선 아이는 늘 어정쩡하다.
좋아하는 음식도, 놀거리도 없다.
엄마에 대한 배려도 없다.

주먹밥을
버무리고…

따뜻한 물을 담고…

옷도 두툼하게 입고…

송년회 대신 아이와
같이 가도 무리 없는
공연을 보러간다.

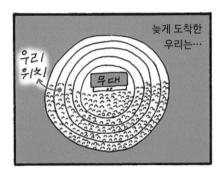

늦게 도착한
우리는…

우리
위치

무대

공연 내내 출연자의
옆모습만 보았다.

사람을 반쪽만 보고
구분하기란 쉽게
아니구나…

정태춘
박은옥이다.

빠빠 빠~

와~ 이운미
정말 멋져!!

배고파~

어머… 들국화

냠냠~

언니~
언니~

아이가 가진 만큼의 작은 만족감으로
세상을 살고 싶다.

시선

다운증후군의 딸과 엄마. 낯선 시선이 늘

우릴 따라다닌다.

가자!!

엄마 자꾸 쳐다봐

왜 장애인이 낯설까?

은혜야 사람들이 쳐다보니 나가지 말까?

····

그런 낯선 기분을 없애줄 방법이 별로 없다.

아니 나가자!!

아~

그저··· 계속 나돌아 다닐 수밖에···.

가자-

자꾸 보니 별루 안 이상허네···

모녀는 전투 중···.

78

예절 교육

난 엄마일까?

은혜야―

왜?

예절을 배울 나이도 됐는데.
도무지….

가서 연필 좀 갖다 줄래?

시러― 나 바뻐!!

그러던 어느 날 은혜가
학교에 다녀오더니 너무 기특해졌다.

어머니―

숙제할께요.

헉―

너 은혜 맞어?

왜 그러세용 엄마~

아이구 기특해라!!

뭘요~

조금 더 기다리자!!

은혜의 성장 일기 3

1996년 1월 29일(일곱 살 무렵)

오늘은 은혜가 놀이방 입구에서 안 들어가겠다고 떼를 썼다. 억지로 간질이기도 하며 놀이방에 가도록 유도해보지만 여전히 대답은 '은혜… 집에… 집에…'이다. 하는 수 없이 집으로 데려왔다. 즐거워한다. 덕분에 나는 하루 종일 아무 일도 하지 못하고 밤이 되어버렸다.

부탁받은 원고를 정리하며 내 일기장을 보았다. 장황하게 첫 페이지를 장식했던 나의 각오와 의연함이 보인다. 너무 무겁다. 일도 제대로 못하고 머릿속엔 잡생각으로 가득하다.

윤희랑 같이 이도 닦고 얼굴에 로션도 바르는 걸 보니 기분이 즐거워진다. 많이 자랐다. 정말 사랑스러운 아이들이다. 한밤의 따뜻한 백열등 아래 살아 뛰는 예쁜 생명체들. 은혜는 너무나 자는 걸 싫어한다. 발버둥치며 울다가 겨우 잠이 든다. 12시 30분… 이른 시간도 아닌데, 억지로 재우려니 마음이 편치 않다. 나도 같이 놀고 싶다. 하지만 어린이집에도 가야하고, 아침에 일어나려면 힘든 것이고…. 하여튼 자고 싶을 때 자지 못하고

81

일어나고 싶을 때 일어나지 못하는 것이 괜히 화가 난다.

　은혜가 잠이 들고 나니 기운이 쭈욱 빠지는 느낌이다. 아이를 키우며 일할 시간을 만드는 것 자체가 전쟁 같다.

배려

엄마에 대한 은혜의 배려.

가끔 내가 낮잠을 자는 때엔…

은혜는 나를 절대 깨우는 일이 없다.

질질─

아웅~
조아라~

아이가
엄마가 된다.

잘자라…

응
엄마─

우히히~ 살맛난다.
올 겨울 우린 따뜻하게
지낼 거라고요…. 메롱~.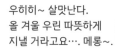

만남

장애인 인권 영화제에 갔다.

크지 않은 극장에,
인기 있는 요란한 영화는
아니어서인지
사람들도 적고….

관객들의 표정도
진지하다.

그런데 비장애인보다
장애인이 더 많다.
사람들은 '인권'보다
'복권'에 더 관심이
많은 걸까?

세상엔 별 희한한 일이 다 있다.

팔다리가 뒤틀려 제 몸 하나
추스르기 힘든 여자가
아이를 낳는다.

마취 상태에 죽은 듯이 꼬여 있는 여인의 몸에서

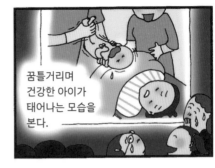

꿈틀거리며 건강한 아이가 태어나는 모습을 본다.

나도 했다.

엄마 장현실 잘한다!!

난 장애인 딸과 함께 살아가는 이야기를 '간증' 비슷하게 했다.

에ㅡ고 쑥스러워라

훌쩍이기도 하고

훌ㅡ쩍ㅡ

같이 웃기도 하고…

그 하나된 기분으로 밥을 먹는다.

뇌성마비 장애인이 무섭닸던 은혜는…

무서…

그들 속에서 자연스럽게 까분다.

와! 인형같아

참 희한하다. 하반신이 마비된 20대 아가씨가 너무 귀엽고 예쁘다.

앞에 앉은 장애인 남성이 너무 매력적이다.

나는 신나게 술을 마셨다.

건~배

그러곤 취했다.

좋아~좋아~ 좋아~ 좋아~

숙소로 가는 거예요.

세상은~ 살만해~ 음~냐~

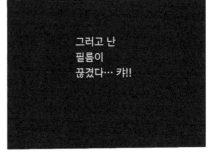

그러고 난 필름이 끊겼다… 캬!!

제주 DPI(장애인 인권 연맹) 여러분,
앞으로도 건강한 활동 기대합니다.
조만간 또 봅시다.

87

홀로서기

방학동안 우리 모녀는 늘 같이 있다. 그러다 보니….

마치 오래된 부부처럼 눈만 마주치면 싸운다.

메기: 같은 반 아이들이 붙여준 은혜의 별명. 다운증 아동의 특징인 하악골 돌출이 메기의 얼굴과 비슷했나 보다.

새해를 맞아 은혜는 7박 8일의 캠프에 참가한다.

나도 7일간
휴가를 얻은 기분이다.

자유부인이시죠?

넹~
넹~
맞아용~

장엄한 지리산의 품속에서
아이들은 자연과 지내게 된다.

그곳은 장애아동이
대상이 아닌
비장애 아동들이
대부분인 캠프다.

모두 걱정을
하지만 난 은혜를
믿고, 나를 믿기로
했다.

애들이 따돌리면
어쩌려구~

사고 나면
어떡해~

난 은혜가 늘 엄마 품이 아닌
다른 사람들 속에
있길 바란다.

고생 좀
해봐라~
키키

엄마두
없구
신난다

폭풍의 언덕 같은
캠프장에 도착하고.

아이구 왠
바람이…

쌩~

내 마음에도 바람이 분다.

수고 하세요~

걱정마세요~

엄마
빨리 가~

난 묵은 찌꺼기를 털어버리기 위한
혼자만의 여행을 떠나고,

아름다운 풍경을 보면서
난 계속 나쁜 생각만 하는구나…

은혜는 바람 속에서
독립심을 기른다.

언제쯤이면… 아이가 세상에
당당히 서 있는 모습을 볼 수 있을까?
우린 천천히 한 걸음씩 나아간다.

간장

공동체 마을에서 선물이 왔다.

뭐야? 술이야?

우리 콩으로 담근 맛있는 간장이다.

간장이야

간장이 뭐야?

간장은··· 음··· 뭐랄까?

??

간장을 어떻게 설명하면 될까?

난 저녁 반찬으로 두부부침을 준비했다.

지글~ 지글~

은혜야 두부 봐- 먹어라

우리 모녀에겐
겪어야 될
어려움들이 있다.

은혜에게도….

나에게도….

난 그것을 짠 간장이라 생각한다.
그리고 때때로 느낀다.
그 짠맛이 존재하며 우릴 살 맛나는 삶으로
이끌기도 한다는 걸…

내 것

소유의 즐거움이라
키키….

난 여자

난 여자야.

난 남자.

당신은?

여자··· 남자 뭐··· 상관있어―

무성(無性)으로 여겨지는
여성 장애인··· H의 분노.

난 여자야!!

어린 시절, 그녀는 남자아이처럼
늘 짧은 커트머리를 하고···.

넌 여자냐? 남자냐?

첫 생리… 성숙한 몸으로 꽃 피웠을 때에도 그녀는 어머니의 한숨소리를 들어야 했단다…. 첫 좌절의 경험.

이젠 더 조심 해야 한다.

안타까운 어머니의 마음.

장애인에게… 특히 여성 장애인에게 가해지는 편견과 차별.

여성장애인 성폭력 가해자 무 죄-

히히- 아멘-

그 속에서…

장애여성은 무능하고 의존적이며 여성으로 아름답지 못해!!!

그녀가 여성 장애인으로 여성성을 찾기는

난 열심히 사는데 여전히 불행해…

많은 어려움이 있을 것 같다. 나의 딸 은혜에게도….

엄마 나 찌찌찌 나왔어.

어머 그래

뭘 보슈?~

??

나의 바람은…
어서 그녀들이
자유롭고 안전하게 섹시할 수 있도록
편견과 공포가 없어지길….

졸음운전

12세 다운증후군의 여자아이….

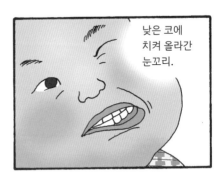

낮은 코에 치켜 올라간 눈꼬리.

뒷통수가 납작한 이 아이가….

난 너무 귀엽다. 이 표정들은 코미디가 아니다.

예술적 퍼포먼스도 아니다.

나른한 봄날 졸음운전 하는 엄마를 깨우기 위한 딸의 노력이다.

봄날 졸음운전
조심하세요~.

행복의 가치

행복의 가치는 모두에게 다름을
그들은 알고 있을까?

1996년 10월 26일(일곱 살 무렵)

비장애 아이들을 대상으로 장애인 친구를 어떻게 대할까에 대한 원고 청탁이 들어왔다. 나는 가정 안에서 충분히 인정받고 사랑받는 아이가 밖에서도 친구들로부터 존중받을 수 있다는 이야기를 해주고 싶다. 평소에 은혜는 누구의 도움 없이 스스로 무언가 해냈을 때 무척 당당해지고 즐거워한다. 그러나 때론 그것을 박탈하는 사람은 다름 아닌 엄마와 아빠다. 사랑의 이름으로 아이를 부추기니… 이래서야 되겠는가. 엄마조차 은혜를 충분히 모르는 경우가 많다. 가족들은 서로가 너무나 잘 알고 있다고 생각한다. 때론 그것이 문제가 된다. 사실 아이들도 "엄만 내 맘 몰라" 하고 투정을 부릴 때가 있고, 아이들도 엄마의 마음을 헤아릴 수 없을 때가 있다.

아이들이 처음 은혜를 만났을 때 무슨 말을 하는 건지, 어떻게 대해야 하는지 어리둥절해하는 것처럼 나 역시 그랬다. 엄마인 나는 마음을 열고 '아이가 무얼 원하는 걸까?' '엄마인 나는 마음을 열고 아이가 무얼 원하는 걸까?' '어떤 놀이를 좋아하는 걸까?' 생각하고 또 생각했다.

차츰 차츰 은혜에 대해 알아가면서 나는 다른 사람들을 대할 때도 아이를 대하던 그 마음 자세를 가지게 되었다. 그래서 나도 친구가 많아졌다.

은혜는 내가 기대했던 것보다 훨씬 많은 부분 자신의 역할을 잘해내고 있다. 밥상을 차릴 때 숟가락 놓기를 도와주고 물도 떠다주고 아빠의 잔심부름도 하며… 무척 기쁘게 해준다. 욕심 많던 엄마에게 은혜는 작은 것에서 얻는 큰 기쁨을 깨닫게 해준 아이다.

3부

은혜씨의 사회생활

단비

난 이 작은 여자가
자기 자신이 여자라는 게 좋고

따뜻한 능력을
소유하며

스스로
선택할 줄 알았으면
좋겠다.

자신이 선택한
기쁜 성을 누리고

좋아하는
일을 하며

부당한 것에
맞부딪혀
싸울 줄 아는

보다 인간적인
모습으로 살아가길
바란다.

그것이
볼디
사랑의
모습이여~

그리고…
난 나 자신도 그렇게 단련하고,
아이에게 단비를 내려주는 좋은 엄마이고 싶다.

아이들과 어른들

통합 어린이집에 은혜를 보냈다.
그곳엔 장애·비장애 아이들이
함께한다.

어떤 엄마들은 장애를 가진
아이를 피하기도 하고,

저리 가서
놀아라.

같이 어울리게 하기도 한다.

같이
사이좋게
놀아라.

아이들이 조금씩 자라면
스스로 그렇게 한다.

머리가 좋고 영악한 아이일수록
다름의 차이를

넌 생긴게
왜그래? 말도
이상하게 하고.

금세 알아차리고 행동한다.

에 베 베 ―

더 영악한 아이는 선생님 앞에선
같이 놀고.

아님, 스스로의 상태에 따라
돌변하기도 한다.

자기 자식에게 친절한 엄마들은

그런 잘못된 행동에 충분히 이유가 있다고
생각하고… 여유를 부린다.

당한 아이만 속상하다.

때론 잘못을 단호히 꾸짖어주는
어른이 그립다.

일곱 살

아이가 7살이 되니
엄마는 점점 뒷전이다.

노가~ 노가~

자기 또래의 아이들과
노는 것이 신난다.

그만큼 자란 것이다.

밤 9시 40분에
방영됩니다.
많은 시청
바랍니다.

안돼!! 난
자야돼. 어린이
집 가야지.

어린이집 가자 -
가자! 가자!

아이는 무리 속으로 간다.

과연 그 속에서
아이가 잘 견뎌낼지…

엄마 된 마음으로
발을 구르지만.

당차고 거침없는 아이를 보면

간간이 눈에 띄는
배려 깊은 눈을 보면…

사람들과 함께할 날이
그다지 어둡지 않은 것 같아
마음이 놓인다.

선생님

그 여자는
선생이다.

요상하게도…
아이들이 그녀의 반이 되면
재재거리며
선생과 수다를 떤다.

아래층 교무실 분위기는 엉망으로
만들지만
아이들은
신이 나 있다.

대체
몇반이야?

쾅쾅

모두가 고자질쟁이어서
작은 일도 선생님께
다 말한다.

선생님
걔요……

그의 반에서는 장애를 가진 은혜가
함께 있는 게 자연스럽다.

선생님 은혜랑 우리랑
뭐가 달라요?

난
다운증
이야

그가 담임이 되면
아이들은 천진난만해진다.

천사가
있을까?

그럼요~

방학 때 그 집에 가면…

저 애 벌레들은 뭐예요?

졸업한 제자들이예요.

예의 없고
덜 돼먹은 놈들이

선생니~임

벌컥~

들락거린다.

선생님
라면 끓여 주세요~

그녀는 땅 같은 여자다.
아이들에게 영양분과 뻗어갈
힘을 주는 그런 여자다.

천상 선생이다.

문현주 선생님 감사합니다.
은혜에게 아름다운 3학년의
기억을 주셨어요.

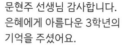

외출

게으른
일요일 아침

철떡-
철떡-

응··· 냐
뭔소리야···

은혜는 아침부터
멋을 부린다.

엄마~
머리

철~철~

멋을 부릴
나이가 되었다.

어찌
해주까?

양쪽으로~

은혜 스스로 자신을 추스르는
모습이 좋다.

이 방울로···

이 쁘빈은
요기···

붉은
체크무늬
바지에

하늘색
조끼를 입고
허리를
묶는다.

그리고
요사이 즐겨 읽는
위인전 《헬렌 켈러》를
집어든다.

은혜는 이 문구를
가장 좋아한다.

장애인에게
희망과 용기를 주는

책을 옆구리에
끼고 당당하게
밖으로 나간다.

1 4층 지영이네
갔다 오께

와~
내딸 은혜
증말 멋져!!

그래-

은혜의 외출은 세상과의 도전이다.
난 그것을 '외출'이라 하지 않는다.
그것을 출정出征이라 부른다.

합주대회 1

땡볕에서 틈만 나면
모두 열심히 연습한다.

여름방학을 앞두고
시에서 주최하는
합주대회가 있다.
우리 같은 리 단위
작은 학교는 참가할
엄두를
못냈다.

다른 학교는 학생 수가
많아서 추리고 추린다지만,
전교생 100명 겨우 넘는 우리는 거의
다 참여해야 하는 어려움과
기쁨이 있다.

젊은 선생님의 의욕이 있지
않으면 불가능했을, 의욕만
무적인 이 합주단.

쿵쿵— 쾅—쾅~

저거 합주
맞아?

이 젊은 선생님의 첫 부임은
인상적이었다.
작은 시골학교에 어울리지
않는 화려한 베이스 기타.

왠
기타?

젊은 날의 꿈을
접어두고,
그는 좋아하는
아이들 속에
온 것이다.

음악에 대한 그의 열정은
아이들에게로 옮아갔다.

반선생
잘해봐요

네
교장선생님

은혜도 열심이다.

조금만 더 하고 자자

짝 쿵 짝짝

음… 애가
어디갔지?

거기서
뭐하니?

꼼지락

연습……

헉

이구
자야지

은혜는 자신의 역할을
정말 소중히 여긴다.

합주대회 2

모두들 대단하다.

우와~
저 악기 좀 봐

무대가
무너질것
같네···
으으···

니네
학교도
저러냐?

자신감으로 가득 찬 표정들···.

짜잔-짝-

우리애들
괜시리 걱정
되는구만

우리
차례는?

드디어
우리 차례···.

은혜야
잘해라!!

아구···
혜진이···
옷이 또
삐져 나왔네···

썬———렁—

쟤들 봐라.

킥킥-

어리숙해 보이고 버젓하지도 못한 아이들의 눈이 진지하다.

한 박자라도 틀리지 않으려고 안간힘을 쓰는 눈빛들에 눈물이 날 지경이다.

잘하는 아이 못하는 아이들이 모여 한 소리를 내는 기특함….

은혜는 신이 났다.

흔들… 흔들…

쟤 은혜 아니냐?

은혜는 몸을 흔들며 신나게 짝짜기를 치고 있었다.

안돼!! 은혜야 가만히…

왜 저렇게 흔드냐?

너무 좋은가봐-

그 흔한 음악학원 한번 다녀보지 못한 이 어수룩한 참가자들은 긴장된 이 날을 오래도록 기억할 것 같다.

121

우린 모두
이 날을 잊지 않기 위해
기념 사진을
찍었다.

비가 많이 왔다.
난 아이들이
어려움을 함께 겪고
같이 이겨내는 힘을
기르고 있다고 믿는다.

여름방학

방학이 되어 아이들은 어디론가 떠난다.

은혜는 캠프가요.

나운이는 할머니댁에…

엄마들도 모처럼 방학을 맞는 기분이다.

애들이 없을때 모처럼…호호

나를 위해 지내야…호호.

내일부터 뭘 하며 지낼까?

일단 집안 정리를 하고…

푸

미루었던 일도 마무리하고….

느긋하게 애인도 만나고…

혼자 여행도 하고,
아~ 갑자기 들뜨네.

은혜는
캠프를 떠났다.

화이팅

탁

초 ─ 용 ─

그런데 만사가 귀찮아진다.

풀

석

힘도 빠지고
잠만 오네…

자고 나도 힘이 없네…
너무 조용해…

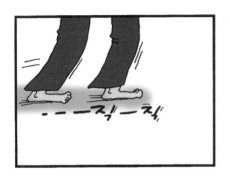

- - 직 ─ 직,

오늘은 뭐하지?
배고프다…

그대여-
내 너를 이토록 사랑하는 줄 예전에 미처 몰랐다….

진짜 중요한 것

신나는 여름방학

엄마-
방학이래!!

모두들
집으로 돌아간다.

꺄르르~

그런데 교실에 남아
청소를 하는 아줌마가 있다.

그녀들은
특별한 아이의
엄마이다.

아이를 낳은 기쁨보다
절망감을 추스르며 지내야 했다.

아이가
장애……

우리 애기
넘 예쁘다.

모두의 어두운
눈총을 받고…

쯧 안됐어
자식복이
없는거지…

남편에게도…

XX일보

가족들에게도….

아이의 장애가
그녀의 탓이 아니어도 왠지
죄를 지은 기분을 지울 수 없다.

비장애 아이들처럼
넉넉한 기분으로 아이를
키워보지 못했다.

치료, 운동이며 특수교육….
집으로 돌아오면 고스란히
남아 있는 가사일….

저 엄마는
매일 바쁘네…

그러게

무거운 마음으로
초등학교에 입학시켰다.

우리아이도 평범한 아이들
속에서 비비며
자라야 돼…

○○○

늘 누군가에게 미안하다.

XX 때문에 너무 힘들어요.
수업진행하기도 힘들고….

쩔-쩔

그녀는(?) 참 힘들 것 같다.

청소좀 하고
가셔요.

네-

아~
힘들어

난 그런 그녀들이 안쓰럽다.

기운좀 냈으면,
즐겁게 살았으면…

그리고 성깔 있는
용기도 부렸으면
좋으련만.
왜냐면…

세상에서 가장 중요한 건
그 누구도 아니라 바로
나 자신이 아니던가?

1998년 10월 26일(아홉 살 무렵)

다운증 부모 교육을 다녀온 날. 엄마들, 아빠들, 선생님들, 아이들 모두가 북적대고 분주했다. 차분하게 앉아서 강의를 듣기에는 내 기분이 너무 들떠 있었다. 비슷한 아픔을 느끼는 동지 같은 사람들. 그런 아픔을 나눠보고자 먼 걸음도 마다 않고 온 사람들이다. 웃고 있지만 조금은 피곤하고 슬퍼 보이는 얼굴들.

대부분 엄마들이고 아빠도 몇몇 분이 참석했다. 장애아 부모 중 아이 돌보는 역할은 대부분 엄마들이다. 엄마들은 마치 아이의 장애가 자신의 탓인 양 가족들 사이에서 주눅 들고 남편에게도 미안해하며, 아이를 위한 헌신을 이래저래 강요받는다. 장애아를 가르치는 선생님들조차 엄마들의 개인적인 삶에는 별 관심을 기울이지 않는다. 난 그녀들이 이런 상황 속에서 자신의 모습을 잃어가는 게 슬프고 화가 난다. 헌신적인 엄마들을 칭찬하거나 부추기는 사람들조차 채찍을 든 관리인 같은 느낌이 든다.

아이를 위해 자신의 모든 꿈을 포기한 엄마의 초점 잃은 눈빛이 아이에게 과연 삶의 희망을 줄 수 있을까? 나라도 정신 차리자.

와삭

먼 시골, 계절학교에서
편지가 왔다.

… 한이 아저씨는 너희들
실컷 먹게 해 주신다고
옥수수를 많이 심으셨대.
춘호 아저씨는
토마토를 심으셨고…

가기 전에 꼭 챙겨야
할 것도 있다.

여럿이 함께 살아가는
따뜻한 마음, 그리고
자연을 사랑하는 마음…

물건을 챙긴다.
비누, 샴푸, 치약, 가게에서
사오는 먹거리…
는 빼고.

걱정이 된다.
에어컨 바람과,

쎄게 -
쎄게 -
우-와 시원해

환경호르몬과 방부제 그득한
패스트푸드에 길들여져 있고

언제든 준비되어 있는 엄마의
서비스로 공주, 왕자가 되어 있는
이 아이들….

복잡한 도심을 빠져나와 아늑하고
평온하고 낮은 산등성이가 있는
곳으로 간다.

폐교된 작은 시골 학교에
이 아이들이 모인다.

곳곳에 공동체 식구들이 준비한 정성이
배어 있다.

아이들은 바다에 나가 조개도 캐고

뗏목도 타고

산에서 갖가지 풀꽃잎도 따고,

산살림, 갯살림을 배우며
놀이처럼 자연과 가까워진다.

131

엄마들은 아이들을 위해 김밥을 싼다.
현미쌀에 통보리를 섞어
밥을 짓고

겨울에 담가두었던 새콤한
동치미 무에, 시레기를 꼭
짜서 썰어넣고

달걀을 부치고
오이를 절여

온전히 우리 살림으로
김밥을 싼다.

신경발작의 원인이 된다는 패스트푸드.
그 입맛에 길들여진 아이들이
적응 못 할까 걱정되었지만

인스턴트 음식을 철저히 규제하는 이 분위기에
아이들은 금세 적응하고 볼이 통통해졌다.

참으로 건강한 추억이다.
아이들의 맨발 소리가
울리는 나무 바닥의
리듬 소리도….

여기저기서 들리는
옛노래 가락도….

친구

둘이 있는 조용한 집.

요즘 은혜에겐
이상한 버릇이
생겼다.

누가
왔나?

그래
너는?....
아하!!
그래서....

친구가 왔니?

엥~ 혼자있네.

뚝....

그래서?
까르르....

이상한
놀이다-

나와 둘만 있는데도, 은혜는
늘 누군가와 있는 것처럼 행동한다.

먹어
싫어?

유령?

무서..

다운증후군의 장애를 가진 사람들은
자신만의 특별한 상상의 세계를 갖는다고
한다. 그러나 현실에선…

은혜는 어른도 당해내기 힘든
아이들의 말솜씨에,

> 언니는 그것두
> 몰라 … 왜 … 바보야
> 어쩌구 … 저쩌구…

자신의 어눌한 언어 능력 때문에
아이들과 잘 어울리지 못하는
욕구불만의 표현같이 느껴지기도 한다.

그래서 자신과 비슷한
상상의 인물을 만들어 싸움도
없이 즐겁게 노는 것이다.

난 그런 놀이를 그냥 놔두고
싶기도 하고,

이상 행동으로 간주하여
막고 싶기도 하다.

> 재미있다.
> 그치.

> 어쩌구 …
> 저쩌구 …

135

은혜야, 나랑 놀자.
난 따뜻한 온기가 있는
진짜 사람이야-

성깔

화가 난다.

분하다.

나쁘다.

참을 수가 없다.

마구 부순다.

삶

장애인의 날

우리집에서 장애 차별은
일어나지 않는다.

장애가 있는 멀쩡한 딸과

장애가 없는 이상한
엄마가 산다.

어느 날 아이가 학교에 가더니
장애인이라는 꼬리표를 달고 왔다.

너 한테
장애인…
그렇대?

응-

장애

그게 뭔데?

몰라.

장

근데 애들이 나더러
"애자"래… 그리고
열린반(특수반)에 가래.

우리는 안과 밖에서 다른 세상을 겪으며 산다. 고요한 사랑의 집과….

싸우지 않으면 도무지 씨도 안 먹히는 세상.

장애인의 날은 장애인을 위한 날이 아니라, 장애라 붙여진 차별의 꼬리를 떼버리는 날이다.

불쌍한 건 누구

아이가 여름 캠프에 간다.
엄마와 떨어져 독립심도 기르고 낯선
친구들과 교류도 갖는다.
그리고 나도 간만에 홀가분한 시간을
갖는다. 여러모로 좋은 의미다.

마치 도전하는
마음으로 아이를
보낸다.

그러나… 아직 장애인이 낯선
선생님과 아이들.

더운 날씨와 고만고만한 아이들의
번잡함….

캠프가 끝나고 얼떨떨해진 아이를
집으로 데리고 온다.

돌아오는 길에 아이가 말한다.

엄마 선생님이 울더라.

응-
왜?

내가 불쌍해서 운대...

헉!!

선생님은 아이들에게 장애인이 불쌍한
존재임을 확실히 인식시켜주었나 보다.

나
그렇게 불쌍해?

아니 안 불쌍해.
엄마가 보기엔
그들이 참으로 불쌍하다.

화가 난다.

엄마, 다신
거기 가지 말자.

장애가 있는 아이가
낯선 즐거움을 누리기엔
세상은 너무 서툴다.

그러자-

사랑 그만

변덕스럽지 않은 사랑의
기분을…

저사람…. 저번엔
무지 사랑 했었던것
같은데…

아이를 통해 느낀다.

지금은 전혀 아니네
…. 이상타!!
내가 미쳤었나?

이 아이와 사는 게
난 참으로 좋다.

밝고 긍정적이고 예쁜 성격이 엄마를 늘
칙칙한 그늘에서 끌어낸다.

나도 은혜처럼
살고 싶어…

장애아이와 사는 삶이 어렵다는 선입견을

아이랑
살기
힘들겠네요?

전혀ㅡ

나는 나의 체험을 통해 깨고 있다.

은혜가
나와 살기
힘들지

은혜야 사랑
너무 많이 주지 마~.

진실을 보는 눈

난 세상을 보아온 나름의 견해로
머리 위의 안테나를 곧추 세우고
정직하고 올바른 친구를 찾기도 하고,
보이는 것과 내면이 다른 거짓투성이의
사람을 구분해내며 경계하기도 한다.

대중과 미디어의 관계를
악용하는 눈가림 속에서
그 진의를 가려내기란
점점 쉽지 않다.

장애가 있는 은혜의 눈에는
이 변덕스러운 세상이
어떻게 보일까?
난 그것이 늘
궁금하다.

엄마는 걱정한다.

엄마의 걱정과 달리
아이는 진실과 거짓을
구분하지 않고,
내면의 맑음으로
진정한 사랑을
찾아내고 있다.

1999년 1월 3일(열 살 무렵)

옆집 사는 은선이가 나에게 말한다. "아줌마는 행복하겠다." 그건 정말인 것 같기도 하고 사실과는 다른 얘기처럼 들리기도 한다. 마치 하나의 연주처럼.

느지막하게 일어나서 아이를 깨우고, 식사 준비를 하고, 집 안을 치우고, 은혜 친구나 내 친구가 오면 커피를 한잔하며 잡담을 하고… 혼자 우울한 생각에 빠져 있으려고 하면 그 사이 은혜가 작은 새처럼 조로롱 달려와 "엄마 뭐해?" 하는 소리에 나의 우울은 저 밖으로 달아나버리고… 나는 다시 분주해진다. 그런 고요일이 나에겐 행복이다.

사람들이 함께 모여 즐거운 계획으로 들떠 있을 때, 우린 너무 심심하단 생각이 들 때, 어느 토요일 힘든 한 주를 마치고 스트레스와 긴장감이 머릿속을 채우고. 혼자 집에 남겨져 아무도 나를 찾는 이 없고, 난 지금도 혼자이고 이후로도 이런 날이 무궁무진할 거란 생각이 들면 가슴이 저리고 눈물이 난다. 그런 날은 행복이란 말이 나와는 너무 먼 얘기 같다.

애매모호한 상황 속에서 행불행이 나의 발목을 잡고 늘어져 있다.

4부

이사 후 이야기

버릴 것

우리 이사를 간다.

이사 가는 집은 지금 살고 있는 집보다 좋다.

우린 필요이상 으로 너무 넓은 공간을 쓰고 있어 -

이것도 에너지낭비야 꼭 필요한 공간을 효율적으로 쓰는 합리성이 필요 한거지 -

불필요하다고 생각되는 물건은 모두 버린다.

첫 결혼시절에 썼던 것이네 - 이젠 버리자

다 버린다.

엄청 많구만

이제 살림안해요?

애들아
섭섭해하지 말고
잘 가라.
내 지난 추억들도
안녕….

이사 1

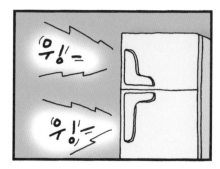

우린 너무 많은 자동 기계에
둘러싸여 있다.

더욱더 근사하고 편리한 기계를 곁에
두라는 끊임없는 유혹과….

꼭 한번만
눌러주세요~

그래야 멋진 삶이 있다는
거짓된 약속에….

어때요
멋지지요?

난 더욱 빈곤을 느끼고.

너무 낡아서
바꿔야
되겠네…

점점 몸으로 하는 일에
무능해져간다.

더 편한
방법은 없을까?

땅에서
살아야 해!!

꿈 깨~
시골이 얼마나
춥고 힘든데…

난 용기를 내어
이사를 간다. 더 늦기 전에….

그간 남의 집에서 더부살이 하던
토토도 데리고….

토토야 이젠
같이 살자!!

응

강 길을 거슬러 올라가

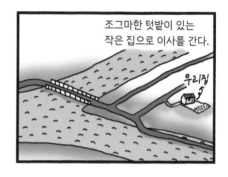

조그마한 텃밭이 있는
작은 집으로 이사를 간다.

이사?
아니 도망을 간다.

이사 2

이사 온 이후 서둘러
겨울 채비를 했다.

김장을 해서….

땅에 묻고

개집도
덮어주고.

나무들도 짚으로 싸주고

문틈도 막고—

이 집엔 20평 남짓 작은 텃밭이 있다.

가을에 배추, 무, 고추 등을 키워내느라
좋은 양분을 빨리고 텃밭은 늘어져 쉬고 있다.

그리고 개 두 마리….

조금 우울하고
장난처 잘하는
토토..

이 집에 원래 살면
싹싹하고 붙임성 있는
토실이-

음식을 만들 때 필요 없어
버려지는 채소 찌꺼기는
도로 밭으로 보낸다.

우리가 먹다 남은 음식 찌꺼기는
따로 모아 개밥을 끓인다.

자잘한 종이는
태워서-

타고 남은 재는 개똥 위에 뿌려놓는다.

봄에 퇴비로
쓰자-

놀이

눈이 오고 모두가 꼭꼭 움츠린다.

할머니들은 방에 모여 재미 화투를
치기도 하고…

따뜻한 아랫목에서…

은혜는 심심하다.

잔반통

뷔페 식당에 간다.

자기가 먹을 만큼만 가져 가야해…

알았어- 와-맛있겠다.

다 먹을 수 있을까?

응…

아 배부르다

사랑의 마음으로 시작된 나의 선의가…

엄마! 이것좀 먹어주라

날 잔반통으로 만들어버렸다.

무언지 알아볼 수 없이 뒤엉킨 여러 음식들

내 잘못이다.

엄마 이것도…

뜯어 먹다 남은 감비

잔반통

니 가 먹 어 무 섭 다…

니껀 니가 먹어 내꺼만 먹을거야. 난 이제 나쁜엄마 할꺼야.

쿵시럭 쿵시럭..

자유

웃음

그네를 타는 은혜와 하늘이의
웃음소리가

운동장의 돌들을 놀라게 한다.

까ᄀ르르ᅳ

장애가 있는 은혜와,

부모와 떨어져 살아야 하는
비장애 아동 하늘이.

저렇게 가까이 얼굴을 대고
서로 침을 튀겨가며
웃는 두 아이.

이 아이들이 이렇게 친해지기까지는
3개월밖에(?) 걸리지 않았다.

3개월 전, 은혜는 전학을 했다.

저 ··· 저 ···는 정은혜 ···입니다.

이상하게 생겼다 ···

첫 이미지를 잘 만들어야 한다는 생각에, 처음 며칠간은 은혜나 나나 초긴장 상태.

궁- 끙-

그런데 며칠 후···

네~

은혜가 바지에 똥을 쌌어요. 제가 어떻게 할수가 없네요 수업 진행도 해야하고 ··· 빨리 와 주세요.

난 미친 듯이 달려갔다. 학교까진 약 20분 거리···.

아침부터 속이 이상하다더니···

엄마 배가 이상해···

학교에서 나누어준 우유를 마시고 급기야 탈이 난 걸까?

부-아-앙-

아직 학교에 적응이 안 돼 낯설었던 걸까? 아이들은 은혜를 어떻게 생각할까?

야!! 이 미친여자야

온갖 생각이 머릿속에 맴돌았다.

미안하다. 은아~

은혜는 내가 도착할 때까지
교실에 방치되어 있었다.

변 때문에 벌게진 엉덩이를 보니
괜시리 눈물까지 나고
화가 났다.

그 뒤로 은혜 사정은 힘들어졌다.

그렇게 3개월이 흘렀다.
아이들은 때로 악마같이 보이기도 하고

천사같이 변하기도 한다.
아이들은 뒤집기의 명수다.

그리고 오늘 친구를 갖고 싶어 하는
은혜의 의욕과 아이들의 예쁜 마음이
만나는 순간이다.

운동장의 돌들도
즐겁게 웃는다.

엄마 안 해

토토에게 시집 왔던 꽁이가

2달 뒤 우리에게 귀여운 강아지를
안겨주었다.

아구~ 귀여워.

그러나 막상 토토는

토토야
니 딸이다.

왕 = 왕 왕 =

이그~
숫컷들이란
제 새끼도
돌볼 줄 모르고
그저─

그런데 문제는 제 어미와 1달 만에
떨어진 이 귀여운 새끼는…

쫄쫄…

나를 제 어미로 여기고 한시도
떨어지려 하질 않는다.

저라가
일종하게… 내가
너 엄마인줄 아니?

자. 여기서
자라~

자자.
은혜야.

응

엉ㅣ

어머 꼴이 그게
뭐야? 꼬라지
머리를 엄게하니
맨날 남자
생각이나
하지!!
쯧쯧…

웃겨~

으으….

으으….
꿈이네

뭐야ㅡ

또 꿈…

아…털신이
따뜻허네…

난 졸지에 집착성 강한
딸이 하나 생긴 기분이다.

갑자기 생각이
복잡해진다.

혹시…

이 강아지가 날 제 어미로 알고

어느 날…

얘가
말을 하려나.

머-
머-머-

날 엄마로 부를 것만 같다.

엄
마

1999년 4월 1일(열 살 무렵)

저녁을 지을 때면 은혜의 영양 발란스와 비만, 여러 가지 강박관념 속에서 요리를 한다. 조금만 부실하게 먹어도 금세 입술이 갈라지고 피가 나는 은혜를 보면 마음이 조급해진다. 열심히 도마에 고개를 숙이고 칼질을 하며 냉장고 문을 열었다 닫았다, 부지런히 저녁을 준비한다. 식탁을 차리고 밥~먹자! 유혹적인 목소리로 은혜를 부른다. 맛있게 먹기를 고대하며…. 그러나 첫 숟가락부터 깨작거리며 나를 초조하게 한다.

"으으으…"

"그래 먹기 싫으면 먹지 마!!"

먹기를 강요하면 이런 상황이 계속될 거라는 생각이 들어 싫다고 하면 언제든 상을 치워버린다. 배고픈 줄 알아야 먹는 게 즐거운 법!! 그러고 나면 남은 음식들은 여기저기 살이 잡혀 고민 중인 내 몫이다. 부른 배를 보며 허무감에 휩싸여 앉아 있으려니 발 밑에 무언가 걸린다. 속이 텅 빈 '이쁜이 깜찍이 소다'.

저걸 언제 다 마셨대… 아이고~~.

두려움

나이가 들면 강해진다는
말은 사실일까?

엄마 그게
뭐야?

주름‥

그러나 나는 더욱…

대구
지하철
참사로…

사망자 명단

두려움도 많아지고
세상이 무섭다는 생각이 든다.

신병 비관 방화…
정신이상 장애인…

신병비관?
나두…
장애인이네…

갑작스러운 죽음, 예상치 못한 사고
그리고 분노 가득한 사람들….

나쁜!!

나는 점점 겁쟁이가 되어간다.

은혜야 불끄니
무섭다.

에이~
뭐가
무서워

운혜야
시내
가는데
같이가자.

혼자가
난 서울
가는거
시러.

은혜는 점점 나이를 먹고 어른이 되어간다.

난 독립해야 한다.

가을 여행

아이와 둘이 가을
기차여행을 떠난다.

예전에 비하면….

이젠 잘 걷고, 층계도 잘 오르내리고
용변도 가리니, 여행하는
기분이 절로 난다.

내가 얼마나
기다렸는 줄
알아?

뭐??

역마다 서는 느린 열차…
퀴퀴하게 기차 안에서 나는 냄새가
스쳐간 많은 사람의 땀냄새로 느껴진다.

창밖의 가을 풍경은
나를 한순간 무너뜨린다.

으하하 ~
이히히~

그렇게
좋으냐?

옆에는 내가 낳은 나의 딸이 있다.
언제나처럼….

지금까지의 기쁨과 슬픔의
추억들이 기찻길처럼
끊임없이 이어져 간다.

나는 끝없는 기찻길을 따라
지난 일들을 되짚어보기도 하고

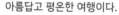

앞으로의 날들에 대해
점쳐 보기도 하며 여행을 한다.

아름답고 평온한 여행이다.

아이는 스승

연말이 되면 마음이 뒤숭숭하다.

올 한 해 난 무엇을 이루었는고....

앞으로 무엇을 하며 살면 더 좋아질까?

그런 뒤숭숭한 마음을 잊을 만큼 아이는 온몸으로 엄마에게 깨달음을 준다.

앗! 은혜야, 왜 그래?

선생님 우리 아이 별일 없겠죠?

글쎄요...

위중한 아이를 보내며 나의 자신감과 주체성 따위는 온데 간데 없이 사라져버린다.

중환자실

알림

그리고 누군가에 기대어 온갖 짓을 하고 싶다.

그간 나의 잘못을 용서하세요

한 번이라도 아이를 더 봐주기를
바라는 마음에서….

한참 나이 어린 선생님에게도
허리를 굽히고 머리를 조아린다.
창피, 자존심 그런 건 없다.

그리고 스스로를 자책하며
기도를 한다.

깨어난 아이는 엄마에게
살아 있음의 소중한 의미를 깨닫게 한다.
아이는 깨달음을 주는 스승과 같은 존재다.

성탄절

크리스마스를 준비한다.

예전엔 다복해 보이는 가족들을 보면 부러운 생각도 들었지만

이제는 조촐히 지내는 우리집 성탄절 모습에 익숙해졌다.

새로운 상황에 사랑은 적응하게 되어 있는 모양이야

우리 집에가서 빨리 크리스마스 장식하자.

그래!

우리집에도 작은 크리스마스가 왔다.

와~

짠~ 짠~

뭐야?

그들은 가장 큰 선물을 안고
행복하게 잠이 든다.

전부

아이에겐 엄마가 전부고
엄마에겐 아이가 전부다.

영화를 보러 간다.

역시 우리는 하나. 어디든 같이 간다.

은혜처럼 다운증후군의
장애인이 주인공인 영화다.

영화 속 착한 엄마는
아들에게 무한한 사랑을 준다.

그에게 주변을 만들어주지 못하고
그저 자신의 사랑을 쏟아 붓는다.

엄마는 나이 들어 죽고 아들은 혼자 남는다.
그에겐 아무도 없다….

혼자 남겨진 아들이
너무나 힘든 순간.

그의 엄마는 천사로 홀연히
하늘에서 나타난다.

난 그 천사의 얼굴이
괴물처럼 보였다.

그리고 난 결심한다.
난 아이에게 전부이지 않으리….

아이에게 중요하고 좋은 사람이 많아져야
아이는 진정 오래도록 행복해지리라.

표준치

갑자기
안달이 난다.

먹어 -많이
많이 먹어야해!!

표준치란 무얼까?
화도 난다.

발육 표준치=
키, 몸무게, 충위, 두위,
······ 건강상태, 학벌, ······
소유재산, 결혼, 직위

표준치에 제외된 사람들을 열외로
생각하는 오만함의
정체는 무얼까?

표준치에 오르려고 모두들
아우성을 치고 있다.

난 갑자기 내 안의
표준치를 바꾸고 싶어졌다.

은혜야-

행복의 기준은 내 안에 존재한다.

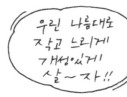

우린 나름대로
작고 느리게
개성있게
살~자!!

따뜻한 기억들

사람을 좋아하는 은혜는
가끔씩 떠오르는 사람들의 이름을 말해,
잊히는 사람들을 생각나게 하며,

때론 챙기게도
한다.

바빠서 무심해져버린
인간관계를

아이의 따뜻한 기억이
나를 일깨워준다.

모임

어딘가에 속해 있다는 것은

넌 어느 편이야!! 빨리 밝혀!!

사람들에게
묘한 안도감을 준다.

내가 아는 어떤 무리들이 있었다.

아줌마-

네!!

각자는 너무도 다른 것 같은데
같은 점이 있다. 그녀들의 아이들
모두가 장애가 있다는 점이다.

이들은 자신의 아이들을 교육시키기 위해
모였다.

특수초기교육시

나도 은혜를 데리고
그곳에 갔다.

A의 아들 우성이는 늘 주변의
물건에 침을 묻힌다.

아구 더러워~

그 아이의 산만함
때문에 집에는
변변한 가구조차
없다.

A의 아들 철형이는
인형 같은 아이다.

큰 머리… 그 모습이 상처가 된다.

엑!! 괴물이다!!

C의 딸 지선이는 누군가와
늘 싸운다. 마음속에
화가 가득하다.

앙!

C의 상처투성이 얼굴…

사람들이 그녀들의 아픔을 모르듯.

저런 애를 두고
애를 또 낳고 싶을까?

그녀들도 서로 낯설었다.

애가 왜 그래요?

당신애도
왜 그래요?

아이들을 기다리는 긴 시간 동안
그녀들은 무언가를 나누기 시작했고

출쩍~   출쩍~

내 잘못도 아닌데
너무 속상했어요.

나도요.

서로에게 익숙해져갔다.

우성이의 산만이
받아들여지고

ㄱㄱ자쳤 쥐버려요.

우성이는
뭐든 자기껏으로
찜하고 싶은가봐.

철형이의 모습에 익숙해지고.

우리가 동화나라에
온것같아.

지선이의 모습이 덜 시끄러워졌다.

지선이
또 싸우네.

그래.

싸우게 놔두자
그래야 맘 속의 화가
조금은 풀리지.

그래~

그런 산만
속에서…

그녀들은 즐겁게 이야기하며
시간을 보낼 수 있게 되었다.

나는 바란다. 다름이 자연스럽게
받아들여지는 무리들이 점점 많아지기를….

2000년 1월 7일 (열한 살 무렵)

밝은 스탠드 불빛 아래서 은혜가 조잘거린다. 보고만 있어도 너무나 사랑스럽다. 언제나 내 곁에서 살아갈 힘을 주는 아이. 옆에서 바스락거리며 내 몸에 찰싹 붙어 있다. 내가 일기 쓰는 게 너무 궁금한가 보다.

가만히 들여다보다가 한마디씩 물어보곤 한다. 자기가 방해된다 싶은지 "엄마 안녕" 하며 한 뼘 떨어져 눕는다. 작은 코에 땀이 맺혀 있다.

이 넓은 집에 은혜와 내가 덩그러니 있다. 두 개의 그림자만이 굼실거린다. 갑자기 마음속에 바람이 분다.

에필로그

어린 은혜에게 필요한 지원들이 있듯이 이제 나는 은혜를 세상에 남겨두고 떠날 채비를 하고 있다. 가장 필요한 것은 집단수용으로 감금하고 배제하는 시설을 대안으로 여기는 후진적 복지시스템에서 '탈'하는 것. 탈시설Deinstitutionalization은 유엔장애인권리위원회의 핵심 내용이다. 장애인의 삶의 계획에 대한 선택권과 자기결정권을 가지고 지역사회 통합의 가치와 지역사회로부터 분리에 반대하는 원칙을 만들어가는 것이다. 국가가 이것을 실행하고 예산을 만들게 하는 것이 예순을 바라보는 어미의 숙제로 남아 있다. 누군가 젊음, 건강 그것만으로도 얼마나 행복한 삶을 살 수 있는지 나에게 이야기했겠지만 귀담아듣기에는 일하고 싶은 젊은 욕망과 장애인 아이의 돌봄을 국가가 외면하는 사회적 간극 사이에서 문제를 해결하느라 안간힘을 써야 했다. 그래서 내겐 만화가 이외에 양평지회장이라는 단체장 명함이 하나 더 있다.

서른네 살의 은혜는 독립하여 혼자 살아가고 있다. 은혜에게는 활동지원과 근로지원, 주간활동 제공인력이 있어 은혜의 독립된 삶을 지원한다. SNS 친구만 해도 수천 명이 넘는 은혜가 친구들에 둘러싸여 있는 모습을 보면 나는 가끔 안도의 숨을 쉰다. 쉽지 않은 길이었다.

　슬픔도 힘이 된다지만《은혜씨 덕분입니다》속에는 살아 있는 기쁨과 즐거움에 대한 갈망이 가득하다. 그리고 여전히 나는 이렇게 생각한다. 투쟁은 우리가 인간으로서의 존엄을 지키며 존재하기 위한 생존의 길이다. 나는 만화 속에 존재하는 서로에 대한 사랑, 기쁨, 즐거움이 우리가 그 길을 가는 데 포기하지 않도록 힘을 주는 것이라 믿는다.

2023년 겨울, 장차현실

은혜씨 덕분입니다

ⓒ 장차현실, 2023

초판 1쇄 발행   2023년 2월 27일
초판 3쇄 발행   2024년 9월 20일

지은이   장차현실
펴낸이   이상훈
편집1팀   김진주 이연재
마케팅   김한성 조재성 박신영 김효진 김애린 오민정
펴낸곳   ㈜한겨레엔 www.hanibook.co.kr
등록   2006년 1월 4일 제313-2006-00003호
주소   서울시 마포구 창전로 70 (신수동) 화수목빌딩 5층
전화   02) 6383-1602~3 | 팩스   02) 6383-1610
대표메일   book@hanien.co.kr

ISBN   979-11-6040-925-3 03810

* 이 책은 《엄마 외로운 거 그만하고 밥 먹자》(2003, 한겨레출판) 초판 출간 20주년을 기념해 복간한 책이다. 2003년 초판 버전에 담겼던 내용과, 《작은여자 큰여자 사이에 낀 두 남자》(2008, 한겨레출판)에 실렸던 내용 중 주요 에피소드를 뽑아 새롭게 재구성했다.